女性俳人精華100

句集

米壽

佐藤香女

文學の森

目次

装丁　三宅政吉

句集　米壽

聖五月

平成四年～九年

平成四年　芭蕉祭当日句会　丸山海道先生特選

藁塚のみなみへ傾ぐ尉と姥

初詣吉吉吉と玉砂利を

生涯を遺影支へに年迎ふ

衆生らの願ひ如来の椿減る

相性のよき道づれや余花の旅

人混んで虻は牡丹に八ッあたり

花びらのやうに枇杷むくひとりの夜

素麺のきりりんしやんと単へおび

撫で肩の壺に耳なし虫すだく
一かごの茸にみんなが料理人

母葬る悼みの庭に笹子くる
足袋はかす黄泉路の旅の安かれと

笹子チチ母を葬りし帯を解く

極彩のスキー仕度やにぎり飯

亡夫の忌に孫も侍りて木の芽晴

地球の日四角い部屋に丸く寝る

二上山《ふたかみ》も遠嶺の一つ山桜

露けしやいづれは亡夫のこの墓に

招かるる返書に丸や朝ちちろ

久々の夜なべに針の穴小さ

ふるさとの水は甘しよ梅つぼむ

早梅や漢の一ト言荷になりし

名のみ春おすすめ定食京の味

平成七年「俳句四季」特選

初つばめ苗のやりとり土こぼす

家建てに有卦あり八十八夜くる

平成七年「双滴賞」京都府知事賞

空つぽの壺に耳あり聖五月

歯切れよき師の一ト言や花わさび

厚情の万倍日なり新茶賜ぶ

遠花火痒いところにとどかぬ手

メロンにもつぼあり明日食べ頃に

生家こはす根こそぎ梅雨の太柱

ひまはりの頭でつかち世紀末

小鳥くる嬰の牛乳人肌に

手相では計れぬ余命蛇穴に

もずの天三面記事にパン焦がす

晩年のひとり味なし菊を焚く

先師の句かかげ大和も年新た

枕高う嫁しても長女梅月夜

桜に芽すり餌のやうな離乳食

啓蟄や二歳の意地を父に見す

かたつむりどう廻つても植木鉢
白百合の精に戸口を見張らせて

白桔梗三十七忌の児に手折る

朝もずがさらつてくれし疳の虫

数馬茶屋陽にふくらみし小座布団

まだ叩くだけのピアノに小鳥くる

秋の虹両成敗や児のけんくわ

国ン中は藁塚《にお》なき景に陵二つ

電話より早き宅配小鳥くる

末枯れの小さき村に葬二つ

ポインセチア孫は褒めやうあやしやう

人生にまへがきはなし梅ひらく

拭き終へし第一客につばめ来る

浦島草脳死をこともなげに言ふ

見限りし休耕田に小判草

平成八年「俳句四季」特選

盆が来る赤いポストに二度の用

ふるさとは茶の花咲いて母忌日

予後の手のうづきを胸に雪の夜は

凍蝶のこころで予後の箸つかふ

黒塚古墳

極月のさなか千古の古鏡出る

梅月夜

平成十年〜十四年

赤じゅうたん踏む足美人初書展
吾の生家どこに佇ちても梅の景

師と仰ぐ今宵千金梅月夜

師と襖一枚へだつ梅の宿

美しき旭に目覚めよき梅の宿
地虫出づ生涯失せぬ長女ぐせ

闇を裂く火急の用か夜の蟬

若き医の手術をこともなげに夏

身にふやす一生の傷や早星
雲の峰一も二もなくカレー党

干支菓子に口福のあり初句会

巳の神にをさまり悪き寒たまご

ひとり来て寒九の水を亡夫の碑へ

ふるさとは一郡一村梅万本

尻馬に乗つてみようか春の旅

十の恩一つ返して花は葉に

丸山海道師を悼む

聖五月三千人の弟子の涙

桐の花人は言葉を粗末にす

夏館美男給仕に気疲れす

十津川峡霧が育てし杉美林

色鳥に誘ひ出されし女流展
朝もずの猛りにパンの耳熱し

枯蟷螂争ふ心まだ捨てず
大安をはづせぬ用に笹子くる

日帰りの枯れの母郷に線香さす
大とんど産土の神いぶさるる

探梅の客と乗り合ひ喪に急ぐ

山笑ふ天秤棒のいらぬ世に

沈丁花生涯背負ふ忌日あり

父の忌や茄子のむだ花一つなし

仏壇にあぢさゐの毬大きすぎ
大鳥居人間さまが蟻ほどに

桐の花私の余白まだありぬ

百咲けば百の落花や花むくげ

身のうちの一病息災梨の疵

さみどりのハートつまんで菜を間引く

新松子氏子となりし嬰重し
いわし雲みち草喰つて腹へらそ

天界とけふは一つに系露の忌

寒満月至福につきるこの宴

七種の五つが揃ふ地の恵み

梅ふふむ里に集ひし級友《とも》の通夜

よみがへる壁画の朱雀余花の里

人往かぬ道はすたれて竹煮草

学ぶこと歩くことなり芒種の野

向日葵の実のぎつしりや嫁不足

青田出し風の力を見失ふ

ちぎり絵のやうな日の本梅雨明ける

新涼やコサージュほどのパセリ摘む

バスを待つちちちろは朝の音を合せ

一病を血で計らるる今日寒露

木枯し一号袖囲ひして線香さす

初笹子五つ違ひのピアノの差

初句会師を待ちかねる椅子一つ

常よりもはづむ遠出に初音澄む

根上がりや地蔵を抱き芽ごしらへ

着なれてる木綿が一番犬ふぐり

花吹雪空手道着は一の竿

「下馬」は死語門前百の落椿

芽山椒目でよろこばす京料理

歌碑十基めざす一基や新樹光

山法師天蓋として歌碑生るる

千金の集ひのありて髏づくし
青すすきさはらぬ神に崇りなし

けふからは嬰も氏子よ蟬涼し

脚色のなき人生や梅漬ける

父と子の命日同じ墓洗ふ

遷宮に招かる報や吉祥草

氏神・八王神社

錦秋や洛中洛外秘仏あり

腰にカイロ虫も殺さぬ顔をして

草の餅

平成十五年～二十年

葉牡丹の渦の固巻き有卦に入る

炎の帯が大蛇の如しお山焼

注連の内浄め塩なるきらら踏む

食べ余す蕪は畠で障子立て

春立てり雑草といふ草はなし

陵と陵つなぐ山の辺初音澄む

亡夫命日芽解きの雨に僧長居

柳の芽草書くづしに神の里

弥陀の庭花ばかりほめ仏見ず

三斗釜三つある庫裡花の寺

囀りの高野山《こうや》に父の十七忌

蜷の住む小流れにごし鍬洗ふ

花葛がカーブミラーの面まで
一房の美男かづらに花器えらぶ

双塔の見ゆる高きにのぼりけり

小春鳩ピンク素足で迎へくれ

冬たんぽぽ自分の丈に合ふ暮し

長病みのことにはふれず花八ッ手

震度四うき腰一瞬寒の入り

薄氷を見しと尼僧の薄ごろも

月ヶ瀬の碑《いしぶみ》永遠に野風呂の忌

梅渓と三師の句碑を誇りとす

「逢ひたし」の約は果せず花は葉に

街薄暑「忘れ傘」とは京御膳

産土神の杜の百幹蟬涼し

半夏生乳出す草も刈られけり

青鷺の時間長者に根負けす

柿の花身軽に生きて財なさず

館の秋紺地に金字の経一巻

石舞台白曼珠沙華紅ほのと

百姓に余徳のありて零余子飯

吊し柿乾くあんばい母忌日

これからは木綿の暮し枇杷の花

冬野菜針を棒ほどよろこばれ

宅急便めくら判押す十二月
風花のキラキラキラと空無限

扁額の一期一会や小鳥ひく

亡夫になき長寿たまはり喜寿の春

梅まずしり重き師の句集

梅白しダムは小紋の皺ふやし

里人の善意の杖や梅の坂
盆僧のお経に負けぬ蝉しぐれ

落葉焚く身辺整理一ト日減る

初笹子先に来てゐる娘の新居

梅三分鳶は天を乾拭きす

ダム満々一目八景梅三分

ふる里を師と同じうし草の餅

同窓会一欠け二欠け梅は実に

産土神に一願ありて蟬涼し

青春に悔いあり八月十五日

夫知らぬ孫引き連れて盆の墓

月を待つ生れくる嬰《こ》の座も空けて

木の実降る石柱のみの遥拝所

初みくじ末吉がよし病よし

抱く嬰の笑みは無心に梅つぼむ
ふる里を熱く語る師梅二月

種子袋たしかめてふる雨水の日

満開の梅のトンネル師の句碑へ

上田かつみさんを悼む

華のある面影のこし花に逝く

奈良の秋娘に誘はれて寺宝展

冬将軍ご気性あらし風邪もらふ

フレームに淡き灯の入り大和更く

鬼の豆土にふくれし裏鬼門

種薯に宇野重吉の顔がある

一病を身うちに秘めて落花浴ぶ

桜に芽昇進黒帯十二歳

留守の戸に走り書きする蝶の昼

村が「市」にバスは増便花は二分

平成二十年「双滴賞」

蝌蚪の陣乱して里を日帰りす

月日は矢句縁は永遠に花洛の忌

蜂の巣は百日先の風を知る
この命つなぎし医術春は逝く

国ン中は田植ゑどきなり水に恩

二番子が孵りし唐招提寺かな

祖廟の扉固く閉ざして蟬浄土
粒ぞろひ梅酒にせよと弟が

師の贔屓ボーイにもあり梅雨館

末つ子の手は口ほどに夏休み

菊の香や受賞に祝ぎの文あまた

ラ・フランスいびつに味はことの外

銀髪の師のおすこやか師走句座

神奈備

平成二十一年～二十三年

師の御《み》声《こえ》聞く心地して初音待つ

電子辞書たたく漢や梅の句座

梅に逝く共に歩みし山河あり

山田耕子氏を悼む

お隣の破れ障子や鯉のぼり

産土神の福引きあてし今年米

ＯＢ会より傘寿の招き菊の宴

宇都宮滴水氏を悼む

ダンディな君のおもかげ石蕗明り

初みくじ孫と大吉仲の良き

干支の寅錦の小袖着て一対
聞きわけのよき三歳女梅つぼむ

三歳女押す車椅子に佐保姫が

娘の新居駅より五分風薫る

包丁を嫁にゆづりて髪洗ふ

小学校の恩師・植西耕一先生を悼む

師を悼むホ句の原点夜のちちろ

初産の姪にふみかく十三夜

寒桜傘寿の彩と思ひけり

成人式孫に元気も背も越され
梅茶屋の野ざらし十石樽二つ

後ろ髪ひく児にバイバイ初ざくら

亀鳴くや病む娘ににがきことも言ふ

帰心は矢妹待つ駅の花吹雪
遠近の花らんまんの中帰郷

神奈備

楽あれば苦もあるこの世初つばめ

咲きのぼるグラジオラスの名も長き

鳳仙花ふれてもみたし花言葉
神奈備を下りきて群るる赤とんぼ

ふるさとへ飾る身でなし葛の花

車椅子の娘とまはり道いわし雲

立冬の大輪薔薇の崩れかな

児玉素朋さんを悼む

心の荷

平成二十四年～二十七年

小鈴のよき音の破魔矢賜はりぬ
春の雪砂金の如くキラキラと

伝承の鳥梅の主梅に逝く

めぐり来し義母の五十忌松の芯

黄砂降るクシャミしさうな鬼瓦

心の荷一つ果して蟬しぐれ

平成二十四年「双滴賞」読売新聞社賞

盆施餓鬼木魚の揃ふ経涼し

文明の利器にはうとき文化の日

寒すみれ生き抜く力もらひけり

二上山の皇子を鎮めて山眠る

白髪も女のいのち初鏡

年をんな巳の干支一対いただきぬ

梅の香や五体のどこか弛みゐる

筆まめの友のはげまし梅八分

啓蟄やマヒのリハビリグーチョキパー

春 愁 の 時 効 と な り し 君 が 文

小谷城跡にて

梅雨の旅小石一つも文化財

遺作展夫唱婦随の涼しけれ

実むらさき句縁の君の七回忌

大安の朝の吉報色鳥来

茶筌作り一子相伝竹の春

茶筌師と一期一会や石蕗日和

初灯息子《こ》よりも若き遺影守る
若き医にお年賀申し診を受く

寒梅や長寿に生れて父母に恩

師の句集久にひもとく梅二月

初音澄む一日一巻写経せり

一日に三つの用あり花の昼

カタクリの咲きし一輪姫あつかひ
初つばめふるさとの空無限なり

咲きて華散つても艶の八重椿

お花見のあとの静けさ桜しべ

山吹の一重も八重も実を持たず

一画もたがへず写経聖五月

木綿着の暮しは寧し風五月

再入院重く受けとめ髪洗ふ

父忌日退院報告新茶の香

苺喰む草かんむりの母が居る

丸山佳子先生を悼む

大往生の俳師に捧げん胡蝶蘭

幾万言申さん師恩ホトトギス

大黒鯛釣り満面笑みの孫帰る

頭上にてはじけし花火冠りけり

歌姫の突然の死よ蟬しぐれ

佳きことを聞く耳もてりアマリリス

睡蓮のみな日輪に恋をせり

姫路城はるかに仰ぐ青田風

蟬の昼余命は神の手のうちに
暑中見舞四文字で足りし友情よ

蟬しぐれ一日の計朝にあり

さくらんぼ甘く酸っぱい少女の恋

吾の五体輪切りにされてレモンの黄

月を詠む齢重ねて萩すすき

夕づとめ終へし仏心虫を聞く

足裏にどんぐり踏みし痛みあり

自動ドア紅葉と共に入館す

心根のやさしき孫の笹飾り

早起きは三文の徳墓掃除

菊日和建礼門は目でくぐる

新松子御所拝観の一ト日賜ぶ

陵多き山の辺の道草もみぢ

銀杏散るとんがり庁舎夕映える

紅葉晴歩けるる限り墓まゐり

どう見ても好きになれない仏手柑

喪のハガキ十指に余る花八ッ手

葛湯とく身を養生の寒厨

二上山を真つ正面に焚火の輪

今日までの苦労は言はず寒すみれ

年用意ひそかにととのふ遺言も

字が書けて嬉し賀状の字がをどる

寒紅梅天蓋として歌碑の輝《て》る

葉牡丹の崩れ初めたる貌三つ

ふるさとが茶の間にとどく梅だより

遠近の花の山越え一ト日旅

天空の花吹雪浴びご一行

菊さし芽穀雨の恵み賜はりぬ

句集　米壽

畢

あとがき

平成四年に第一句集『一途』を出して以来二十余年となりました。三月に「文學の森」より句集出版のお誘いがあり、折しも子供や孫たちが来年米寿の内祝いをしてくれる話も出ておりましたので、人生の一区切りとして急に出版する事を決めました。この度は自選で好きな句を集めた句集となっています。

前回は丸山海道先生、佳子先生に、公私ともに御多忙の貴重なお時間の中で、過分なる序句、序に代えて、題簽、句集名を頂戴しました。特に佳子先生には選句から校正、装丁まで御配慮いただき、親にもまさる愛情をそそいでいただきました。

第一句集『一途』序句

ふるさとに梅の香の沁む臍《ほぞ》緒かな　　丸山海道

一途きて柿鈴なりの元にかな　丸山佳子

平成二十六年六月に佳子先生が亡くなられるまで、四十年余りの御指導の御恩を生涯忘れる事なく精進し、句集を両師の御霊に捧げます。

尚平成十一年に前師海道先生が亡くなられた後は、豊田都峰主宰の御指導をいただいておりましたが、七月二十五日に急逝されました。心よりお悔み申し上げます。佳き師、佳き大勢の句友にも恵まれて今日まで作句生活をつづけてこられた倖せを大変有難く思っております。これもひとえに、息子や家族たちの理解あればこその毎日と感謝しております。

最後になりましたが、「文學の森」の関係者の皆様方には、心より厚く御礼申し上げます。

平成二十七年九月

佐藤香女

佐藤香女（さとう・こうじょ）　本名　英子（ひでこ）

昭和四年一月七日　奈良県月ヶ瀬村生れ
昭和四十九年三月　「京鹿子」へ入門。丸山海道・佳子両師に師事す
平成九年　「京鹿子」同人
平成十一年　丸山海道師逝去、豊田都峰先生に師事す
受賞　「双滴賞」ＫＢＳ京都賞（昭和五十九年）、毎日新聞社賞（昭和六十二年）、京都府知事賞（平成七年）、双滴賞（平成二十年）、読売新聞社賞（平成二十四年）、「京鹿子」功労賞（平成二十一年）
句集　『一途』　合同句集『青梅』
現住所　〒六三二−〇〇五二　奈良県天理市柳本町一五〇八−九

句集　米壽《べいじゅ》
女性俳人精華100　第6期第10巻
発　行　平成二十七年十一月三日
著　者　佐藤香女
発行者　大山基利
発行所　株式会社 文學の森
〒一六九-〇〇七五
東京都新宿区高田馬場二-一-二　田島ビル八階
tel 03-5292-9188　fax 03-5292-9199
e-mail mori@bungak.com
ホームページ　http://www.bungak.com
印刷・製本　竹田　登

ISBN978-4-86438-466-7　C0092